绿皮书

胡见宇

著

陕西新华出版

太白文艺出版社·西安

图书在版编目（CIP）数据

绿皮书 / 胡见宇著. -- 西安 ： 太白文艺出版社，
2024.6
ISBN 978-7-5513-2624-7

Ⅰ. ①绿… Ⅱ. ①胡… Ⅲ. ①诗集－中国－当代
Ⅳ. ①I227

中国国家版本馆CIP数据核字(2024)第110078号

绿皮书
LVPI SHU

作　　者	胡见宇
责任编辑	蒋成龙
封面设计	何海林
策　　划	泥流文化传媒
版式设计	何海林
出版发行	太白文艺出版社
经　　销	新华书店
印　　刷	三河市华东印刷有限公司
开　　本	880mm×1230mm　1/32
字　　数	95 千字
印　　张	6.5
版　　次	2024 年 6 月第 1 版
印　　次	2024 年 6 月第 1 次印刷
书　　号	ISBN 978-7-5513-2624-7
定　　价	50.00 元

序

南方诗者的内心镜像

——从诗集《绿皮书》中寻找到的几点感悟

远 禾

一个内心丰富的人，走到哪里都不会缺乏生活素材。现实世界，很多人化装成忠实的看客潜伏在时间的背面，他们对诗歌艺术保留着最后的纯真与幻想。在他们的精神世界里，诗歌似乎是美好与忧伤的混血儿。现代诗歌的写作路径中，冷抒情曾一度被认为是抒情诗歌的最高境界。诗歌评论家把这种"冷抒情"解读为诗人对诗歌文本的有效控制，那些感情丰沛的诗歌，最终都会选择在语境上做减法，对诗歌语言进行恰当的取舍与中和，是现代诗歌走向成熟的重要手段。

善于表达思想的诗人，应该怀有一颗赤子心。东莞是一座具有传奇色彩的南方城市，为打工诗歌走向全国创造了优越的条件。随着东莞经济不断转型升级，打工诗歌也逐渐失去原有的光环与色彩，一个时代的声音似乎就此落幕。然而事实上，打工诗歌并未从诗歌版图上消失，只不过今天的打工诗歌已经突破了"流水线故事"的局限性。我一直在思考一个问题：当年的工人去了哪里？这是一个充满哲学气息的问题，也是一个没有答案的问题。有人说东江上空有多少只白鹭，现实中就有多少个隐形写作者。南方写作，并非一个新鲜的名词，东莞的很多诗人都曾使用过"南方写作"这个概念。真正意义上的南方写作，应该重新放进历史的记忆中来审视，只有经受住时间考验的名词，使用起来才会更加得心应手。

"我的诗可以看到我的性格，都是情感的真实流露。每一首诗都是一个故事，或是一种领悟，或是一种憧憬，或是一种幻想，都是有感而发。且基本上都是二十行以内。很多人应该看得出，我的诗歌应该都是一气呵成，风格简练明快。这是我的诗歌的一大特点。写诗读诗，几乎是我业余生活的全部。2016年以来，我在业余时间写了不少诗，出版了《为你捧一树花开》《心岸》两部诗集。本诗集收录了2019年8月以来创作的作品，其中大部分被中国诗歌网'每日好诗'初审通过。有一些还在《草堂》《大河诗歌》等诗刊发表，并入选有关年度选本。这本诗集更能体现我坚持'以诗为旅'的诗歌创作梦想和创作理念，山水田园、生活工作、情感碰撞……都是我笔下的诗情画意，展现给大家的是一本既有诗意又很有情趣的百科全书。"这是《绿皮书》作者胡见宇的一段关于诗歌写作的独白。

在写《绿皮书》之前，胡见宇已经出版了《为你捧一树花开》《心岸》两部诗集。《心岸》这部诗集我是读过的，里面不少诗作都来自作者对生活的真实体悟。在胡见宇看来，诗歌的彼岸也是生活的彼岸。应该说，胡见宇是近几年比较活跃的东莞诗人之一，正如他在独白中所阐释的那样，他的诗歌灵感很大一部分来自旅行和生活，乐观豁达的性格给了这位客家诗人源源不断的写作素材。

这本诗集最开始并不叫《绿皮书》，生活中的胡见宇是个充满诗情画意的人，他把诗歌当成了自己的梦中情人。当我看到《梦馨雨》（原诗集名）三个字的时候，一下子就明白了一些事情。然而，诗歌毕竟是小众的精神世界产物，诗人除了要有丰富的情感，更应该注重写作技巧以及语言的锤炼。经过沟通之后，胡见宇最终还是接受了我的建议，将诗集名改为《绿皮书》。一个诗人应有一本属于自己的绿皮书。

显然，胡见宇所要表达的诗歌理念依然属于南方诗歌系列范畴。对于长期生活在沿海城市的人来说，南方就是他精神世界里的第二个故国。《绿皮书》并非一本真正意义上的书，它可以是一封沉寂多年的书信，也可以是一座通往心灵世界的"康桥"，更可以是春天里的一次美丽邂逅。总之，胡见宇的这《绿皮书》无疑是他内心镜像的真实写照。让我们一起来走进这首《绿皮书》：

　　心路曾一度围堵农耕文化 / 很想携子之手耕耘一份青绿 / 用汗水浸泡过的字句写一份绿皮书 / 宣告你我的山水田园 / 还有金山银山 // 其实我也一直在动 / 在丰满的理想与骨感的现实中抗争 / 不经意间 / 我竟然把生活写成了很诗意的绿皮书 // 此处，不是桃花源 / 胜似桃花源

每个诗人都在努力建立自己的写作向度和情感世界。之所以用这首《绿皮书》来统领整部诗集，主要是看中了这首诗的气度与价值。顾名思义，绿色代表着梦想与未来。胡见宇虽然早已步入中年，但他骨子里的那种少年情怀依旧躁动不安。一个没有想法的诗人，一定很难走出自己的边界。与其说《绿皮书》是诗人献给青春的一束鲜花，不如定义为通往内心镜像的必经之路。

《绿皮书》这部诗集里的诗篇幅虽然简短，但释放出来的信号却是强大的。在与诗集同名的这首诗里，胡见宇对自己的出生地并没有做过多的描写，但恰恰是这种"冷淡"给了读者更多的想象空间。有着赣粤闽"三省通衢"之称的会昌县，是赣州的一扇文化之窗。胡见宇对于这片土地的理解注定是深刻而丰富的。客家文化、农耕文化、老区文化所形成的文化氛围对胡见宇的诗歌写作起到了至关重要的作用。这种独特而复杂的生命体验，使得胡见宇的诗歌更加接近大自然和现实生活。在诗人看来，桃花源虽然唯美，但真正触碰心灵的往往是不经意的某个转角或者某次回眸。这便是现实的力量和意义。

我们应该怀着浪漫主义情怀去解读《绿皮书》这部诗集，只有这样，才能真正抵达诗人的内心镜像。在《绿皮书》这部诗集当中，可以窥见一位诗者的多重语言密码。这部诗集一共160多首诗，我从每辑中选取了几首代表作进行解读。当我读到《远去的琴声》这首诗时，内心深处突然被一种类似蜜蜂的东西给蜇了一下，但实际上蜇我的只是一种阅读过程的潜意识。

有一些背影是会越走越近的 / 比如你和你的
琴声 / 我听到的约定总是一再改期 / 后来，所有
信息都患病不起 // 消失的时光储存到记忆的线条 /
串起一堆你的音容 / 关于爱关于情关于自然生长
的情诗 / 团了一张画饼 // 好想跨过你特定的琴声 /
去寻找西斜的阳光 / 或者沿着你的一路音符 / 搜
索曾经的蜂蝶 / 在布满情侣脚印的深巷 / 我梦想
继续为你打一把油纸伞 / 听你的琴声与雨水交响

《远去的琴声》这首诗语言干净唯美，读起来有一股
阳光的味道。"信息都患病不起"这句诗让人眼前一亮，
诗人天生对语言有一颗敬畏之心。当一段情感在旷野里随
风而去时，现实生活又将重新回到枯燥而孤独的状态当中。
诗人在营造这首诗情感的过程中，采取了以静制动的方式，
在诗人眼里，一切都应该回到自然和谐的场域之中。和谐
共生，也是胡见宇创作这部诗集所要表达的初衷之一。此
外，《远去的琴声》还透露出一股淡淡的古典主义美，这
首诗最大的特点是用看似平淡的语言来表达与众不同的内
心世界。在诗人心中，琴声就好比人生的幻想与过客，它
代表着诗人一个时期的记忆与符号。

胡见宇的诗除了比较注重情感的营造，还善于通过平
凡事物折射一种充满哲理的生活态度。《虚无是一只壳》
是《绿皮书》这部诗集当中较为"无为"的一首诗，全诗
一共 11 行，诗人用轻描淡写的方式来刻画虚无，试图通
过冷抒情来释放积压在内心深处的个人情绪。事实证明，
这种写法是十分有效的。让我们跟着诗人的节奏走进《虚

无是一只壳》：

> 踩着山坳的风 / 望见蜻蜓倒立在山口的竹叶
> 上 / 思绪弥漫着琴声 / 别致的夕阳裸露出性感的部
> 位 / 脚步迟疑，与残荷对话 / 来日一点都不方长 //
> 野鸡与鹧鸪混进同一段时光时 / 唯有月光会撕裂正
> 常的心态 / 无须找谁见证 / 大山与天边的微光见证
> 一种罪恶 / 也见证山川与幸福

之所以把《虚无是一只壳》这首诗拿出来分析，一个
非常重要的因素便是它能体现诗人创作过程中的多样性与
复杂性。在胡见宇的个人简介中，他将自己称为旅行诗人。
对于一个诗人来说，行走是多么珍贵。显然，在这首诗里，
诗人不仅表达了对生活的感慨，同时也刻画出了人性的重
量。现实生活中，虚无无处不在，似乎一切都在看似平淡
的节奏中进行，这种漫不经心的语言设计，给了诗歌不经
意的诗意和艺术空间。特别是当读到"思绪弥漫着琴声 /
别致的夕阳裸露出性感的部位"这两句的时候，我越来越
相信胡见宇的语言天赋。在诗人的内心镜像中，一切有
助于诗歌的语言都是有效的兵马。

熟悉胡见宇的人恐怕都知道他喜欢喝酒吟诗。对于酒
的理解，他一直坚持着自己的独立判断。酒品如人品，人
品如文品。在《绿皮书》中，不少诗歌的创作灵感来自酒，
或者说来自酒后的遐想与思考。当看到《我搬进鸟的眼睛》
这样的诗歌标题时，一股强烈的阅读欲望油然而生。诗人
采取夸张、变形的写作手法来彰显诗歌的意境与镜像。好

的标题，已经成功了一半。

> 春天里邻家小芳飞落我的阳台／她是循着艾草的香味来的／言语委婉而含蓄，贴在窗口／也通达了久远的心口／／晨光来了，风有些腼腆／最不愿说话的露珠闪亮着眼睛／这一切都是因为季节的骚动／才给流连忘返的蜻蜓送来一段荣耀／／很快，青蛙与夏蝉就要打架了／赶紧乘坐有谷雨灵气的地铁／奔袭你那块禁地／或者将自己搬进鸟的眼睛／读懂围城内外的玄机／而后笑看人间沉浮／将心绑定那片星空那片海／在有你的巷口，唱一曲芬芳的情歌

　　读完这首诗，可以感受到一股春的气息，字里行间渗透出一个诗人复杂而孤独的内心世界。在这首诗中，小芳是春天里一只含蓄的鸟，它的翅膀被诗人涂上一层迷人的颜色，这种颜色可以是人类对美好事物的回忆与向往。好的诗歌可以简单得一尘不染，也可以复杂得天人合一。把情感寄托在物体或动物身上的写作手法，看似普通，却能收到意想不到的效果。《我搬进鸟的眼睛》就是采用借物喻人的手法，巧妙地将诗人的思想融入具体的事物之中。

　　诗歌写作复杂多变，时代正在不断发展。20世纪70年代末，现代诗歌被历史赋予发现和探索的使命。东莞是改革开放前沿阵地之一，在这几十年当中，东莞诗歌经历了浮沉、遗忘、探索、重新确立等过程，东莞诗人开始朝着新的写作领域不断摸索。新工业文学被诗歌评论家提出

来之后，就有不少诗人尝试进入主题性创作。快递诗歌、外卖诗歌开始走进诗歌写作素材的阵营。胡见宇有一份稳定的工作，诗歌创作只是他工作之余的一项爱好，然而，恰是这种自由宽松的创作环境给了他辽阔的写作空间。不经意的书写，反而容易产生意想不到的效果。很多时候，好的作品就是这样诞生的。

之所以说《逆向思维》这首诗是《绿皮书》里的另一道风景，其原因在于它具备了诗歌的辽阔性和时空上的交错感。一般来说，身在城市，要么写故土上的乡愁，要么写城市里的建筑与繁华，很少人写城市里的田园风光，从这一点上来说，胡见宇的写作属于逆向思维。而这首诗的内容恰恰也印证了这一点：

> 都市田园养育农事风景 / 耕牛与稻田鸭在同一地块念着诗 / 沿着田埂捕捉星星点点的蛙声 / 天与地之间 / 偶尔有传递水乡韵律的龙舟雨 // 成熟的稻田画说 / 农耕文化的美是可以观赏的 / 从浸种育秧，犁田耙田，插秧莳田 / 到收割晒谷 / 都套用体验的美词 / 田园的风也在逆向成长 / 现代农事也逆向成为城市现代诗 // 我时常在逆向的风口探寻稻花的钟声 / 还有木瓜反季节的美艳 / 以及所有逆向成长的精英

胡见宇心目中最为深刻的记忆莫过于会昌的客家风土人情。印刻在大地上的田园风光，客家人的勤劳与朴实，成群的鸡鸭牛羊，田垄上的只只白鹭，这些都是他生命中

永远无法抹去的记忆。来到东莞工作之后，胡见宇并没有忘记自己的出生地和客家人的身份。在他的诗歌里，总是能领略到那份独特的人文情怀。他的另一首诗《有一条寂寞的长街》这样写道：

　　从村尾到村头 / 走过一条寂寞的长街 / 一条烙印着村史的长街 // 犁耙躺着不想说话 / 素装静候现代风的点评 / 风车依然不说当年扬谷的风采 / 只有土砖瓦墙挺着强壮的体魄 / 诉说那些年的那些事 // 其实说寂寞也不寂寞 / 村史肩负一种励志的使命 / 此处无声胜有声 / 岁月留影见证一个时代的喧嚣 / 存放于长街的喜怒哀乐 / 写就了一本无字村志 // 徜徉在这条寂寞的长街 / 心灵就有一种超脱力 / 穿越历史灵光那个瞬间 / 突然回声嘹亮 / 长街不再寂寞

　　寂寞到极致便不再寂寞，花开到无为便不再无为。胡见宇在阅读生命的过程中不断发现、顿悟，直至超脱，在诗集《绿皮书》当中，类似这样的作品还有很多，在这里就不一一列举了。《绿皮书》所要表达的不仅是诗人的一种写作态度，更是一位成熟诗人内心镜像的自我确认。胡见宇一直在诗歌道路上不断求索，《绿皮书》只是他诗歌谱系的一个开始。

　　远禾，本名蔡秋华，江西崇仁人，中国作家协会会员，现居东莞。曾在《诗刊》《钟山》《芙蓉》《天涯》《山花》《花城》等刊物发表作品。

目　录

C O N T E N T S

第一辑　结绳记

第二辑　远去的琴声

第三辑　我是自己的旁观者

第四辑 野火

第一辑

结绳记

春幕即将拉开

仅有桃花源的秀色是不够的
还有你的容颜
我在等待惊艳的迫近

这是一场相遇的豪赌
在读懂春风的那一刻
无论是阳光还是风雨
我们都勇敢碰撞

约定的终将到来
那一缕春风
必定为你捧一树花开

我们走在风中，沉默不语

河岸拉长了思绪
风和声细语
杨柳打破寂静
落日西斜
都在铺垫月色的温柔

蛙声迫不及待跳出来
梦想和出风的旋律
小城故事里的你和我
低着头，牵着手
步伐有点喜悦又有点零乱
心跳，叠着蛙声起伏

花灯满城
属于你我的夜又来一梦春风

二月

新年的祝福还在
你走向了春的视野

点阅阳光
翻开奔跑的日历
你的柔情感动一江春水

我走在你设计的春光小径
读万卷诗书
储蓄三生能量
只为远方的爱

蝴蝶，在春的背后

在花丛中听雨
绿风暖醒春的怀想
一切生灵似乎形成默契
静待那一声春雷

内心突然渴望飘浮到云层
窥见你萌动的相思
我放下积淀已久的高贵
按下游历的暂停键
将爱的触角延伸至桃花源的深处
舌尖顶着迎面而来的春意
将恬静与朦胧剥离
剩下你，就是我永恒的原色

这是一场特别的遇见
在春天
在花香的山谷
在碰撞的心海深处

春雪就在拐角处

假如把心里的冷隐藏
你会发现春天就在眼前
或者在某个拐角处
迎来爱的暖雪

脱去理念上的外衣
人都会在雪地上成为英雄
而美好的爱情
借着雪域澜庭释放出特有的历久弥坚

其实只要骨子里埋藏着爱的种子
无论多远都不会没有发芽的雪
用心去祈祷吧
爱情会在雪后的春天成长起来

瑞兔吟春

团年饭的香是用喜悦吃出来的
眼角的泪花浸润着思念的甜
笑是那么自然
这是否可以说春天已不再遥远

还是此起彼伏的鞭炮声提醒我
岁月如歌是如此欣然
我努力抹平脸上的皱纹
心里奔腾的焰火燃烧着过往
梦依然真切

一场瑞雪逼近爱的临界线
很难分辨你窈窕的轮廓
是玉兔分娩的春之韵吗
如此心旷神怡又不能自已

我会对着新春发誓
爱你一如爱我的诗与远方
永恒，永恒……

元宵圆

山脚炊烟又起
农家菜的香溢满村寨
放牛娃兜里揣着鞭炮
静待月亮升起
他想要炸醒夜色和春风

每家每户传出的笑声惊动月色
祠堂门口的晒谷坪上广场舞曲响起
人们随着韵律跳出了农家的团圆

此时，烟花此起彼落
空中炸开的一束束喜悦
伴清风明月
生长万福金安

秋冬遐想

用金黄打底
我们与小巷一起拼一幅秋冬之韵
你内心是不是在狂喜
我们逮住的是自然的呼吸
摸摸左边的风
有一种温暖的力度已穿越尘世

叶子与蓝天没有嫉妒谁
是我们自己的眼光独到
为远古与现代的文明交织打卡

与银杏的那层浅笑相比
屋檐更显得古朴与深沉
偶尔看到街巷成长的脉络印记
那是民族的文化力量在书写一方安宁与幸福

我很想透过高墙表达我的畅想
生命的颜色笔力透纸背让心灵祈祷
未来，有梦就会有前线
战场一如阳光那样温情
你我走过四季

唱尽繁华

鞭炮是生活携带的喜庆品

有点奢侈但很靠谱

年来了年又走了

鞭炮声传递着一首首胜利喜悦欢庆的歌

城市农村，大街小巷

空气里流动着喜悦

春风无处不在

阳光审验着每一张脸

那些很多人能听懂的鸟语穿透花香

那些每每让人惦记和繁衍的人间烟火

都在鞭炮炸响的瞬间尽显温情与魅力

喜欢鞭炮唱出的旋律

更喜欢那种点亮未来的烟火味道

人生是一条一画而过的线

穿开裆裤的时光很诗意也很纯真
无须更多的做作就能美化很多笑脸

背着书包行走在路上
所有成长的梦都在醒来

当牵手的爱情写下誓言
天空总是给人太多的祥和

为了快乐
总能让忧愁让路
为了幸福
都会让风雨低头

人生就是一条一画而过的线
透明的轨迹或慷慨激越
或柔情似水
如果添上一些有益的色彩
就能不同凡响流传千古

给新年一首诗

上班了都上班了
祝福声中藏不住喜悦
春风送来新年的憧憬
一个比一个幸福

新年里，你会是什么样子
我会看到你的远方吗

新年里，你在桃花盛开的地方回眸
会看到一直注视着你的我吗

新年里，我会托秋天的枫叶给你寄上相思
让冬天的雪花融汇我的深情
我们的故事结满甜蜜的果

相信新年的所有祈愿
相信新年我们就是一首诗

一只笼子在寻找一只鸟

昨天，笼子空了
鸟去了它该去的地方

难过的不仅是笼子
还有笼子的主人
鸟进到家里的那一刻
似乎多了许多喜悦与生机
不速之客成了这个家的网红

给鸟操办一个家吧
买了一个笼子
鸟很乖巧
很快适应了笼子这位朋友
迎着主人的笑脸进进出出

主人上班去了
笼子与鸟做伴
岁月厮守
笼子与鸟亲密无间
久而久之
笼子与鸟有了恋情

可不知何时
鸟却抑郁成疾
是思念它原来的同伴，还是其他原因
不得而知
笼子很心痛，却无能为力

鸟走了，永远地离开了
那一刻
笼子与主人流出了泪水
他们都在寻找鸟的灵魂

剥离

沿着春的路径行走
我们到达开心指定的驿站
簇拥一个花季的邂逅
心下起太阳雨

鸟语解释一段情谊
花香告白一种幸福

雨水顺着立春的旨意干着惊蛰的活
谁在施展浪漫的绝活
把你我一同框进诗的阵营

蛙声起伏
说着人间烟火
春江水暖
剥离世间好恶
站在季节的高处
用一个眼眸
统揽所有美好遐想

苦菜花的微笑

用春天去磨砺人生
花总是那么甜
用青春去打压风雨
微笑依然阳光万里

涉足的那些曲折有男子汉的味道
路远天高的那一声呐喊
充满一路坚强

我所经历的那些童话
还依偎在狼的身边
愿做你的一朵苦菜花
芬芳我们所有的梦想

句点

句点是一个不错的网名
或隐或现触碰你的视觉
其实她就是实际意义上的村姑
偶尔的一笑牵动着山水
也会牵动你不安分的灵魂

句点话语体系简单
有时直接到让你感觉有难于承受的重
假如生活有颜色
她可以是你最纯洁的红

谁都不敢说有多喜欢句点
但句点可以用笑打破你所有的不平衡
或许生命中的句点
用尽所有词汇你也无法把控你的赞美

说说雪的片段

雪是什么
是北方的情
还是南方的梦
或许都是，或许也都不是

我心里对雪的概念一直很模糊
关于雪的梦却很清晰
那些飘飞的雪花
直接把人生的路点亮
雪后的晴天
阳光瘦瘦高高
分外耀眼

新春我迈开脚步去迎接瑞雪
但愿这又是一个期待中的丰年

嗔念

洛阳山是儿时的山
也是至今不能忘却的山
春天的杜鹃红得让人心跳
而梧桐花开季节的花香
直接对接你爱情的味蕾
骚动心扉而情海辽阔

我更喜欢洛阳山下的农家院落
精致的客家民俗博物馆
春秋寒暑更替
燕窝屋檐守候的情怀
打动经过的风雨
还有心灵的阳光

我还特别喜欢一种"矫情"
她代表山的秀美与纯真
会记住你的话
无论何时你都是我思念的痛点

抚琴者只剩下一双手

曾经触摸到你的气息
可至今无法触及你的灵魂
每天我在重复一个动作
意会剪不断理还乱的琴声
或者储藏关于你所有的动感

你的声音是汉服版的
柔软直击并打通我身上的脉络

最美的应该是你那抚琴的手
无数次飘在我前行的路上

写月亮

圆与缺的轮回
置换着多情的日子
你我同在圆与缺之间读秒
数着夜色的温柔

那条小道树影婆娑
渗漏下来的银光
你只用一次回眸
心情在夜色里也能亮成白昼

记住了当晚的月色
也记住了你温情的目光
还有纤纤玉指透出的纯净

签到

千万次地问你留给我的身影

你去了哪里

从春天到冬季

无数次登顶打卡

在手触及蓝天的刹那

总会触及你的灵魂

山上策应山下

思与诗跨界回响

阳光正好

险峰有暖

带着你的影子打卡

我成了网红

裸

对你，我没有秘密可言
我被你无情地剥开
只剩下不能承重的空支架

其实你大可不必那么狠
以致惊飞了邻家的鸳鸯

在冬天的雪地里
或者春天的雨巷
我非常想用一支爱笔画出人生轨迹
而且必须突出一个重点
真爱，是裸出来的

寒号鸟

隆冬在写一篇励志铭时
把阳光和雪都写成了交错的诗
此时的寒风飘浮不定
杀机飘忽不定

寒号鸟撞上了杀机不是偶然
惰性终结得过且过的日子

喜鹊的每一天都在经营家的哲学
暖巢给予季节闪亮的名片

寒号鸟与喜鹊隔空穿越现实
悲喜两重天就在梦与非梦之间

冬眠

如果要储蓄一个春天
那就静下来听一听落叶倾诉，还有
窗前的雪花，屋檐的琉璃冰条
都在发出同一种声音
学会寂静而且善待寂静

静下来并没有慢下来
万物都在梳理潜能
积蓄一种内在的力量
一种能够澎湃整个春天的力量

闭着眼睛把自己关在里面

这一条流水线她挥霍了十年
又到小雪，她点起心灯
闭着眼睛与两班倒的时光亲近
灵魂触及的有一种痛
也有一种欣慰

枕着远方用工钱垒起的家事
梦总是让机器轰鸣与大山回音交汇

她喜欢自己从梦中醒来的状态
此刻，是她一个人的世界
重新出发，阳光无须风的打磨
刚毅流淌在血液里
而她的笑
也在质朴中闪着暖光

余烬

老兵门卫自嘲是工厂的门神
工人们过往会给他抛下一些微笑
他接起这些微笑总是心安理得
尤其是女工
他会还以暖男的礼节

或许是经历过战争
老兵总是那样训练有素
就连情感也是喜欢保守秘密
在他这里人是没有等级的
其他动物也没有

老兵的眼神很犀利
盯着全厂的安全
他说退休后的清福不属于他
他喜欢返聘的时光
认为初恋也不过如此

那一路梧桐

纯净的背影给山巅一束光
白色的裙一如满山的梧桐
那是春夏之交的约定
我从此走进你心里的那座梧桐苑

因为那一段青春有梧桐的记忆
山、水、村舍、田野，还有孩子的读书声
与喋喋不休的鸟鸣就成为软软的痛
经不起风雨的触碰
最怕岁月成为那一片凋零的梧桐花

幸运的是，悠扬的琴声一直与梧桐同在

寂静，没有空隙

天色被晚霞点亮时
游走的鱼群开始放歌
渔夫的眼神被岸上的微笑牵引
就在蕉林的那一头
他与她在演绎一段故事

此时，白鹤不懂风情
追着霞光嬉闹
没给岸上的时光留一点情面

晚风也是，摆弄她的风姿
蕉林妩媚又很温情
记录仪一样记录这个傍晚

或许，下一秒
这里的寂静就登上爱的热搜

结绳记

有一种刀耕火种的场景
记录着结绳的始末
或者结绳记录着穿越的流程

都不要着急
等一场雪或者等一场春风
那些记录的痕迹就一一到你的眼里

你会领悟到什么哲理我并不想知道
但我得告诉你
有一种初心就叫感恩

沸点

云雾在山里总是乐意迷失方向
以至游走在树梢时多了几分俏皮
小溪流动的读书声惊动晨曦
那片内在的仙韵即刻摇曳起来

云雾是有灵魂的
我们能看到她的喜怒哀乐
而此刻，更多的是她的深情
她的表白过于真实

其实，我们的内心都期望有一块清新的版图
而来到这里你会发觉
山已不是单纯的传统的定义
置身山的高处
你会觉得眉毛都是甜的
你甚至怀疑你已经穿越前朝或者来到天庭
在品鉴古人或者仙家遗落的动感的银瓶

今日立冬
这里还在缥缈着一个春季
说这里四季如春已经不是什么形容词了
这里已经是打卡的沸点
也是我或者你心中崇尚的沸点

此心安处是吾乡

又与同乡邀月畅饮
酒令里总有山的轮廓水的缠绵

一杯又一杯
交错彼此的相思

此刻，任凭月光抚慰
所有风尘远去

风微凉，心发热
对酒不是当歌，是释怀

宽慰与憧憬浸泡到酒里
一仰头，喝下醉美风景

在深秋重逢

当年的心仪是什么套路
你无法自圆其说，我也是
岁月把你我分开
可注定会有重逢，验证心灵的时刻

没想到的是重逢会这么快
就在这个深秋，割裂的情感在悄然弥合
我无所适从
任凭这种危机撕裂我的日历

不想去渴望春天
我只想过好这个冬天，可以吗

反反复复中的一次反复

带我闯入深谷和爬上峰顶的
是一只喋喋不休的蜂
与我与你都有同样的距离
不一样的是对脚下的路的情感
你有时饱满有时失落
而我一直直面流动的快意

我多次举手示意要注意蜂的语言
你只有在恐惧时才会有一点感悟
我踩着故事里的梦走向属于我们的阳光
心才有负离子般的雀跃
直击所有的幸福

不管多少次我们离别
爱总在相拥的瞬间让人窒息

触角

那一滴眼泪写了快乐的符号
是秋天的奶茶引发的思念

你在防火的远端写一个春的故事
秋的内心荡漾绿水青山

奶茶妹子的勇敢走向
大山为之动容
这种反向的美丽生长是有底蕴的
一如山间跳跃的清流

虚无是一只壳

踩着山坳的风
望见蜻蜓倒立在山口的竹叶上
思绪弥漫着琴声
别致的夕阳裸露出性感的部位
脚步迟疑，与残荷对话
来日一点都不方长

野鸡与鹧鸪混进同一段时光时
唯有月光会撕裂正常的心态
无须找谁见证
大山与天边的微光见证一种罪恶
也见证山川与幸福

送别

你用眼神画的那张图还在
连同你爽朗的笑声收入我的心底
就在村口
当着牛群的面我们相拥
说出最原始的表白

鸟在一旁见证我的初吻
而你塞给我那双手工编织的袜底
就是一封无字的情书
沿着袜底那些清晰的脉络
我明白了阳光与蜜蜂活着的意义

沉默史

喜欢用一种特别的思维方式
打开不一样的爱情情结
所经历的痛就不复存在
幸福的情绪就自然生长

没有你的日子，或者漫长的黑夜
我揪出内心的小虫自我欣赏
一切在无声的世界进行着

但是有时泪水会顷刻流淌
那是阅读你的一种美妙
愿意与这种时光独处
是要酝酿爱的誓言吗

我在期待你的一个眼神

秘而不宣

天亮了我在想梦境中的一个问题，是何时
你那么毫无顾忌地走进我的一亩三分地
细品慢嚼
其中特别骨感
似乎演绎一部有深度的悬疑大片

沿着那条被风刮老的小径
我在寻找青春剧情
那一抹甜笑挂在煽情的树梢
惊动了过往的小鸟
唯独少有的恬静让世界发疯

我掂量着那朵云的分量
选择一条最隐秘路线，接近芳华

纤尘

一种乱象的滋生
是在你最无防备的当口
不要怨恨苍生
因为情脉里注定会有纤尘

在双手可以触及的天台
我忘却了该有的伟岸
悄然间
深情领受了岁月神偷给予人间的赠品

在你皱眉的一刹那
我知晓了远方的全部

新欢

反复品味秋的韵脚
突然觉得我的词很乏力
为此我看着你生动的酒窝
揣摩一份内心的青绿
所有懵懂都为爱打起了埋伏

我发誓，在将要到来的这个冬季
我要雪藏我的粗口
为新春备足阳刚
还有足以颠覆你三观的欢颜

我知道，你已经在路上
我追赶的心，也在路上

绿皮书

心路曾一度围堵农耕文化

很想携子之手耕耘一份青绿

用汗水浸泡过的字句写一份绿皮书

宣告你我的山水田园

还有金山银山

其实我也一直在动

在丰满的理想与骨感的现实中抗争

不经意间

我竟然把生活写成了很诗意的绿皮书

此处，不是桃花源

胜似桃花源

我用耳朵搭上时光之车

秋天喜欢与谁耳鬓厮磨，我不计较
我只喜欢有爱的时光
那些成熟的童话颜色开始金黄
一种梦境，辽阔心扉

打开记忆的锁
你活在酒窝以内的世界
把谁静放到一个角落独自狂欢
内心惦记每一丝笑脸
恰似远去的一壶江水

很多事不必去概念化
你就会有用耳朵去搭上时光之车的心情
因为有时候听觉更能捕捉律动的美
那种你我倾心塑造的风花雪月
会在我们的听觉世界里无限放大

向更远处走去

森林的气息是吉祥的
母体是山
容纳很多的梦想
我就在梦的一端走着
眼与心肺透亮透亮

路过山坳
脚步探过的惬意流向心口
深呼吸，把梦想吸进心里
甘甜堵住了话语
停不下来的幸福迅速弥漫

山与森林争辩的当口
我悄然走向深涧
负离子簇拥的一份快意
随我有韵律的脚步轻盈起来

梦，镶进森林
心，随梦远去

第二辑

远去的琴声

尘世中没有什么我想占有

小荷尖尖地喊一嗓子，夏天的眼就亮了
岸边的风与池塘的雨欢快地打个照面
这个水乡的世界就活络了

龙舟在雷鸣中"起龙"了
闪电为体内的泥香削去一片愁云
两岸锣鼓声淹没在幸福的笑脸上
杨柳依依，牵出的那些野花香
漫出了人们睿智的思想

尘世由此呈现的美，你大可大包大揽
而我仍守着洁身，自爱
前行在远方路上
只求及格一考
无心贪恋所有夏的美好

快活林

每天清晨，我都能跑出一副笑脸
与小区风景一样美丽
健硕的晨风与我私语
与晨阳约会的结果注定会盛开愉悦的花

是吗？我曾经问过脚步
得到的答复与热闹的鸟鸣是一样的

真空

没有一点预兆，你走进我的梦里
我打乱呼吸的节奏
用感慨的双眼盯住你呓语的唇

那是一个桃花盛开的季节
我把这个季节打包装进我的时空
原本我的思维只有一个愿望
一个能属于我的有花香有鸟语的茅屋
还有月光陪伴的琴声

而你雀跃着藏进这块领地
赶走不该走的宁静
一切都不按常理出牌
梦境一片乱象

我努力地调整纬度
用内心的铜墙垒起一堵铁壁
拼尽全力去呵护属于我的桃花源

我愿是你荷锄的牛郎

牛郎的一柄香锄耕耘了千年文明
轮回如今已是香飘四季
山水田园且行且歌吐露清新主色调
鸡鸭鹅鱼点缀一方乡野美食
隔岸的织女啊
此处省略你的口水，还有
你的娇美

其实啊，我也是锄禾的汉子
只是没能站在田埂听布谷呼喊
我在千里之外用心临摹乡愁的形状
将爱锁进炊烟的缝隙
把灵魂丢进银河
而后，我把真心凝练成桥
桥的两头
就是有故事的你我

期待相逢的那一天
我和你一起锄禾日当午
用汗水冲洗所有的思念

远去的琴声

有一些背影是会越走越近的
比如你和你的琴声
我听到的约定总是一再改期
后来，所有信息都患病不起

消失的时光储存到记忆的线条
串起一堆你的音容
关于爱关于情关于自然生长的情诗
团了一张画饼

好想跨过你特定的琴声
去寻找西斜的阳光
或者沿着你的一路音符
搜索曾经的蜂蝶
在布满情侣脚印的深巷
我梦想继续为你打一把油纸伞
听你的琴声与雨水交响

消失术

最初是背影里长出的诗
销魂的不仅仅是问候
还有一直的关切或者说是朦胧的爱意
你用琴声打点远方
不紧不慢
一直以为俘虏是荣光
可一阵西风烈断了琴弦
一切回归原始黑暗

在不见你的日子
院子的墙爬满思念的青藤
偶尔的花香塞满痛的心扉

雷峰塔

许仙和白娘子化身一座塔

内涵超越了西湖定义

塔有了爱情的注释被有序繁衍

包括正义战胜邪恶以及平安吉祥附身

华阳塔沿袭雷峰塔古风

镇守华阳湖地域而成地标美景

见证湿地飞鹤追逐绿波微漾以及岸边和风细雨

还有偶遇成缘的情侣

更有翻番增长的城市传说

为此有人指证这是岭南的雷峰塔

借着塔尖的光

人们看到一条属于乡村振兴的路

一条福及人民美好生活向往的路

注：华阳塔，广东省东莞市麻涌镇
华阳湖国家湿地公园里临水而建的
一座观光塔。

你不是别人

手机里有个远方
很远很远，又很近很近
今天进伏了，心也进伏了
你经历的痛还在
痛在手机里闪烁，也在我心里闪烁
再动情的劝慰也热不过伏天的伏
人去了，也带走了一个春

无论如何，你都要直面变幻
你是坚强的你，你不是别人
你会扛起未来，扛起远方与爱
你会从这一个伏天走向无数个伏天
排开涌来的热浪
为你的家庭以及你身边的人送去春天

因为
你不是别人

鸟隐入深林

鸟叼着晨曦飞来
大山睁开迷蒙的眼
神情有一丝丝甜，伴着欢迎词

树与竹之间有一种默契
安静地避让涌入的交响
溪水打印一份关于石头光滑的文字
鱼虾蟹贝读响山里风情的诗文
一切都是自然的回声

深夜，鸟在生灵的庇护下入眠
血脉里流动一片深情，托一个梦
给远方，给明日
给安然的自己

空山听雨

木鱼走过山坳留下绿色琴键

英雄一声长叹撼动一场音阶雨

爱情的手神级天赋般酝酿一种草色的暖

春天里，听一处关于梦的交响

云在天边跌撞出一道彩虹

惊艳了山头的鸟

它们在情的最深处打点一路芳华

风送来竹的清香

我们都听懂了空山最甜的一段情话

溪流深情款款对大山作最后一瞥

轻声一跃成就一片烟云

远处，牧童笛声清唱

心早已有一幅别样风景

逆向思维

都市田园养育农事风景
耕牛与稻田鸭在同一地块念着诗
沿着田埂捕捉星星点点的蛙声
天与地之间
偶尔有传递水乡韵律的龙舟雨

成熟的稻田画说
农耕文化的美是可以观赏的
从浸种育秧，犁田耙田，插秧莳田
到收割晒谷
都套用体验的美词
田园的风也在逆向成长
现代农事也逆向成为城市现代诗

我时常在逆向的风口探寻稻花的钟声
还有木瓜反季节的美艳
以及所有逆向成长的精英

别来无恙

轻舟悠然，荷含情脉脉
蜻蜓亭立荷尖嫣然一笑
一池荷塘的夏日记忆
又在鱼跃的瞬间打开

那些旧的时光旧的风景
贴上新的标签就又赋予新的内涵
用新的笑容阅读又一季蝉文
又记溪亭日暮，还是情非得已

芒种与夏至寒暄时刻
木兰和清照已成穿越时空的少女
英气与美词对话
激活了新一季荷塘盛世

荷花鲜艳地护着你我审美的灵感
同清新自然的风物一起互致问候
"别来无恙？"

无题

思绪杂乱时想到了你的淡定
在水一方，弹奏洁净的思想
初始的模样幻化成飞舞的彩蝶
定格时，春天已安然芬芳

隔岸那人，是我，是我
一直想成为你的远方
以至入梦时分的憨态特别可掬
在相拥的桃花源
偷摘了你的琴声，还有你的香

物华天宝不如有你一宝
爱写成的文章，被蜘蛛绣成了地老天荒

跑题

鲜花开着又谢了
你来了又走了
阳光也很无奈
在暖风到达的时刻
依偎在杨柳的身旁叹气

最不应该的是草地
总是假装不认识露珠
侵吞着春天所有的财产

还有水乡流窜的油墨画
直接喜欢误导游人指鹿为马
让笑声与美景不停地厮打

跑题了，都跑题了
承受这一切阴差阳错
原来也是一种绝美的风景

夜里，风中

梦呓里阳光扑进心里
一种炙热的痛随血液沸腾
爱与恨此时分不清东西
只是那一抹倚墙的浅笑
依然那么亮眼

我知道这是黑暗滋生的一种情绪
一点都不怪不温不和的夜色
倒是特别地期待这种时刻能够多来
哪怕是幻觉也特别优美
尽管优美中会夹杂一些凄美

无数个日子数着星星而睡
你一直如此固执地守候在我的风中

保持静默，或许
天亮后会有我想要的彩虹

三五成群

心语流动，脸颊涨满祥云
脚步踏出春风
任凭鸟鸣跌落溪流
清瘦的山水段子紧挨那树的光影
抓一把天然氧吧溢出的风景
欲死欲仙

溪谷早已无战事
只有快乐与甜蜜以及滚动的新绿

乡村小调悠扬进溪谷
振兴故事三五成群
惬意与和乐，三五成群

淘米水

找一条路离开你的本性
却不小心伤了你的筋
心从此开启拄拐历程
前面，是乳汁织成的一片天

站在你的对立面
我看到了被泪水软化的情愫
心被牵引到原始部落
那一段尘封的炊烟
数落着难于解分的眼缘

我喜欢你为纯净献身的样子
一如喜欢你藏在善良里的微笑

一条踩出来的小路

麻条石之前你是什么雏的模样
历史课没有关于你的痕迹
我们用脚步摸排着
什么是开天辟地精神
还魂草依然健硕
迎风吹来一串惊叹号

青藤做证，老街拥有繁华
老街这条老路
依稀可见刀光火影
路的尽头
是喜怒哀乐与悲欢离合

喜欢一个人在这条路行走
不求任何偶遇
无关风月爱情
只是探寻那份执着和勇毅

河水从不睡去

家乡的小河是我的乡愁
再一次来到河边
想象河水发怒发疯的情节
那种不顾一切的凶悍
野性的丑陋被无限放大

更多的时候，河水是温顺的
听着村里妇女洗衣时的笑声
或者一些悄悄的风流情话
或者与小孩子嬉戏

有时，河水也会与凌驾于自己之上的桥对话
或者向大桥的爱心墙抛去赞许的媚眼

谈到孤独，世上只有一个

夜，倚窗听风
星空在诉说阅历
几滴小雨飘过来，打断了几许深邃
窗外，一树现实的荔枝趁着夜色摇曳
神情并不欢快，想甜到天边去吗

思绪是孤独的，守着一份独白
爱是明显地瘦了，比夜色还瘦
有些昏暗的色调
就在倚窗听风的一刹那老去
远处，那盏忽明忽暗的灯写着希望
明天会是一个晴朗的天吗

诡秘

凤尾竹摇曳，端午为证
稻田青涩的香与花乡的花深吻
天空重度晕眩
雨嫉妒一切地疯狂砸来
心狂乱的频率到了极致

这场龙舟雨来得实在诡秘
突袭初夏的恋情淋湿了爱的眼眸
一旁的杨梅却红着脸，笑了

其实，群山也很乐意接受这种幸福的蹂躏
突如其来的太阳雨有些残暴
可大地听到的，总是笑声覆盖雨声

我在人间落草

用心回望来时的路
有狂放的影子撒一路狗粮
我揪紧一片芭蕉叶挡一挡羞涩
身体却越过挚爱的红线

我有泪洒到那原本可以信赖的酒窝里
天生丽质的情思被怨气折断
那堵翻不过去的墙立在你我的日记里
欢乐与悲伤都成为一具僵尸
最惨的是我被喝成那一壶老酒
成了史上最呆滞的和尚

清风简

柔软的笑组成一幅美图
透过窈窕写就一篇关于清风的美文
不求过多的辞藻
在远方的远方
用爱铸就奔跑的梦想

春天是你永恒的寄托
通往远方的路上无须太多的娇柔
你，把激情点燃
让生命从此简约而不再简单

生下来把风月塑造成一种风景
关于五月的传说你已经用美粉刷了整个浅夏
你说你的远方还可以更撩人
通往天谷的小道即刻被打上强心针
风满天，情怡然，爱无边

梦馨雨

蛙声唤醒五月的时候
浅夏在讲雨的故事

雨滴落一首歌
歌词写满人间恩泽

雨有时直接发疯
任性没有章法地羞辱季节与河流
生灵危机由此很无定数

而我总是祈祷
雨不要过于凶猛
梦想有一方馨香的雨陪伴左右

喜欢雨用温性的节奏带活生命的颜色
就像你崇尚雨中即景
梦想雨会有无尽的馨香
梦想有油纸伞那深情的护卫
在无人的雨巷展现潜能
护住那条看家的狗，还有灵性的石街
护住我们爱情的方向

在春天尽头等你

距离撩开火热面纱的日子越近
春的影子越诡异
除了告诉这个世界的桃源版本
还让思念频繁占据烦恼的上风

诚然，春风的多情不是主要的
关键点是那些依依的杨柳，百媚的花香
还有那忽隐忽现的唱晚渔歌

最打动人的是
你总在最亮眼处舞动你的风景，那一句
"在春天尽头等你"足以颠覆所有人的记忆

夏天，星

谷雨带走春天最后一片气息
就在季节的上空
滑行一道星光，连同春的语言
慢慢远去

至此，白天即刻成为往事
那些裸露的情感被蛙鸣吞没
我捡拾被你丢弃的花
带着浸润古梅田园味的独特体香
进入夏的风骨，并给星风抛去媚眼
该来的，是不是真的会来

我要收紧季节的枝条
把握住时间给我的留白
顺着星光探索奥秘
我定能采摘，夏日的精彩

那些诗意的生活在某个瞬间我们是遇到过的

酒窝装不下酒却装满了一窝的甜
谷雨来时，这甜绽放成一片风景
把十年的情凝聚到流动的春色里
绿意点点，骚风点点

蒸汽小火车绕着田园讲那年那月的故事
就像历史，拐角处的风景尤其优美
当游动的乡愁在一点一点扩大
我突然发觉稻田、蔬菜、果园
以及这里的鸡鸭鹅等，是如此神秘
一如你的酒窝一样有着捉摸不透的韵律

又是那年那月
霸凌了春风不觉又霸凌了同桌的你
记不起恶言相向的日子是如何纯真
但你的泪却真实地滴进了我幸福的思忆里

十年风雨，我们的诗长大了
远方还有远方
你还有你，我还有我

找一个风景如画的码头

我们填写一张历经烽烟的旧船票

搭上那艘用情的新客船

透明的世界

贴着远古的墙根认识了一座城堡
读着鹅卵石砌成的古街
眼睛与同行的你相会，灵光很美
简朴里蕴藏着深奥

脚步无法丈量心的距离
但我的世界是绝对透明的，越走向
历史的纵深越能看到安然、睿智与贤淑
爱，蜿蜒到护城的小河一直向东

就在古堡旁神秘的廊桥
我用仰视的姿态穿透另一个世界

坐看苍苔绿

竹林里的小鸟告诉小院的主人
远方来客，是诗与远方
溪流拨弄琴声，与炊烟一起致欢迎词

其实，小院四周都以绿色作为礼物
客人到时坐看苍苔色
吟诵关于天然氧吧之类的唯美章节
还有有关邱氏的诗意情怀

几杯小酒，心生绿意
谁家文豪点亮痴男信女的春情，执意要将
如此苍苔流水人家搬到记忆深处

春风不醉

春天应该是古松林最得意的季节
为此我们看到嫩与绿经常打情骂俏
如果我们用航拍的视角看过去
还能发现非同寻常的雄壮与激情
在风的摇曳中露出汹涌本色

穿行于此，你听到鸟儿的鸣叫
你一定想携手春风将这片土地产权买断
然后搭建一座茅屋与树林一起终老

从此古松林与你一起走进传说
甜美的传说

遇见你

行走江湖一如行走在我的诗行
那一天，我突然发现了你
一组动感优美的文字
进入我诗意的行囊

此时，你就是桃花就是青梅就是小芳
就是点缀春光的时令天使

从此我的诗行云流水
奔放着你的奔放，我心灵深处
逸动的是所有的感恩与深沉的爱
你的眼眸里，全是我积蓄的诗

海棠引

拥有时间是很幸福的
你在绣春的雨巷
打探有色彩的爱，凭栏凝望
海棠来了，卷起万千芬芳
心如紫韵的弦
弹出蝶恋花的节奏
这是属于你与我的春江花月夜

以此为引，以花为媒
我们缤纷自我也缤纷辽阔
爱的征途开始一路海棠

岁月是一匹拉不回的烈马

额头上的括弧有青春成长的秘史
懵懂的溪流煽情地流动心声
竹林包围的炊烟倾听布谷的喊叫时
天已大亮，暖风袭来花香

书包有爱，很清晰地叮咛
在跨出山的那一刻
阳光不再阴沉，即使黑夜来临
心里也亮起别样明亮的月色

之后有了职场风雨
辽阔就成为一种本能
胸襟、技能、操守
都在踏上辽阔的风景
于是就有了爱恋与不舍
还有充实岁月的远方

而今，有春天深情告白
生命永远都是绿色的
彼此珍重，守护好额上括弧的成色

你若一直在

你刻印在我脉络里的是你的诗
我从没贪恋过你的美丽
可今天的春风告诉我，我的贪欲里
有一树青梅，那样亭亭玉立
若是真的
那会是怎样的一场情感屠杀

我理了理纷乱的思绪
面对远方祈祷，或者求证
你若一直在
会躲开这场屠杀而一切安然吗

这易失的安静

小区的池塘又热闹起来
蛙声，趁夜色欢腾起古老的韵律
你说，那是报春的格言

我喜欢这样的声音
从摸黑到天亮，动感强弱变换
没有章节的美，属于自由任性
一如你，充满我的夜空

每当这个季节，你总是给人风情万种的记忆
可毕竟在花开之后有老去的痕迹
连同池塘的声音一起老去

抓狂

心挂靠到一面思念墙上
人已不是人，开始进去抓狂时间
面对分离，或者无尽的怀想
只能抡起怒拳，用恨做成铁钉
扎进去，哪怕千疮百孔
直至扎毁一个世界

你我是这个世界的有缘人
虽远，实近
放飞春天才能放飞心情
不必彼此竖起一堵心墙

我深信，我们的爱情版图
会因为所有创伤而洞开一墙心结
花开之时，绽放所有美丽

海口的风

踏浪归来，体香里有弄潮的味道
椰林已经进入雨季
挡不住生长的快意与激情
风在抚摸着无与伦比的城市倩影

海口的春天来得早些也长久一些
要比所有春天更自由一些
最南的远方酝酿一场最南的风景
风在浅笑，意蕴深远

很想驾驭海口的风，去
打探现代与古典交集的地标性唯美
然后把在这里偶遇的美好打包
坐上疾速前行的时代帆船
环游天下

立锥之地

拥有和放弃只是一念之想
在思量的立锥之地
将时间发条上到宁静一端
时针指向春季，瞬间
爱的洪峰冲过你的心堤

丛林深处
哪一缕炊烟是你的嫁妆

我喜欢溪流的回声
这一刻
我心花绽放并有特别的余香

追忆

那团爱情的火是从心里燃起的
从心里到脑海的距离很短
来不及思考就将爱火燃向心上人
猝不及防的爱过于猛烈
爱情，瞬间有了爆炸的烈焰
两颗交织的心一起燃烧
毫无顾忌

青春的那团火就在山村那个夜晚
很纯很暖的气息里有烛光里的妈妈
爱是简单的也是火热的
至今仍有烧痛的感觉

时光不老，爱亦不老
即使流浪天涯，心还在燃烧
那团火，生生不息

请问芳名

这是谁的春天

立在凌晨的疯狂里

用一百二十分钟的坚持写下的史诗

波澜壮阔

奇迹属于信念

在最后绝平的瞬间

在两度扑点的一刹那与致命一击的点射里

闪耀一片中国红

这是虎年的春天

立春了

意外的惊喜是，谁在给我们的民族立威

请问芳名

我们记住这个立春的日子

记住女足给我们带来的国家荣誉

记住王珊珊、朱钰等英雄的名字

最后一片叶子

南国紫荆花开了，落了
高贵、从容、冷艳
胜过北国的雪梅
在你我走过的珠玑巷以南的边城
唱着爱我河山我爱文明的情歌

周末，我守在紫荆花开的树下
等候最后一片花瓣的飘落
然后捡拾红地毯一样的心情
与海子一样面朝大海春暖花开

让我吃惊的是，花瓣最后的誓言
给我一个寒冬，我一样创造迷魂的春天

第三辑

我是自己的旁观者

发酵

那夜的琴声犹如砖头砸过来
我的听觉断成山野的风
心里发酵的那份思念
断了又接，接了又断

堆积太多的遐想
就难以成梦
遇到梦里的琴声
总会有无限的遐想
身边的梅花开去了北方
我目光只有追云
才能闻到花朵的芳香

日复一日
不知不觉梦已经发酵成春光
明媚已进入倒计时
你我应该都在默念
百花齐放的汹涌别来得太急
让我们多拥有几分绿意
而后，静待心仪的花季到来

减去梦中的缠绵

隔一纸薄窗听到你的呢喃
是对着冬月发出的感叹吗
四九寒天，言语也透着冷艳
心被封了，就在此刻

很想对你做些什么
无奈我无力改变季节的惆怅
我只能隔墙送上祝福
在你远行之前，一起轻吻月色

幸福之路是不是在分别以后，这很难说
减去梦中的缠绵
我们始终会经历另外一种动人心魄的春天

将心高悬于明镜之外

明镜有历史的亮度
如果沾上灰尘
就有了黑暗的密码

风雨欲来，寻找那些高悬的踪迹
灯笼里的微光默不作声
线装书里，袭来许多清廉的沉香
又一个包拯断案
牵动几家灯火，还是浴火烽烟

有时，苍蝇也会写戏剧故事
那些有缝的蛋总能成为主角
河边走多了，一些不湿鞋的人成了网红
你是否以为，此时的气候更有春天的韵味

其实，时刻将心高悬于蓝天之上
还会有更多精美的东西流传于世

你会有，我也会有

妇仁

有一些日子不说爱你了
是油盐酱醋茶淡化了爱意吗
不是，是心里的敬意达到了一定的高度
在喷发之前形成的一种风景

有一只爱心的手
一直陪你走过春夏秋冬
这手与心早已形成孝德与仁义的默契
无论路途多艰巨多遥远
梦中的爱总是发着微光
热度超越家长里短的美好

爱，流淌在诗与远方的歌声里
善良的心
已经给自己扛起一面真爱的旗帜

夕阳拖着影子也走了

你站在村口，向晚霞挥手
冬日连同那寂寞被你带走
还好有一条忠实的狗
在屋檐下守候着那个最后的倩影

走了，就这样轻飘飘地走了
有些凛冽也被带走
炊烟赶来相送时
那一抹残余的枫叶红笑了

最后的夕阳拖着影子也走了
或许她孕育的是明日更大的希望
而我仍然是田埂旁的守望者
一直如此有着不舍的初心
静待来日，静待内心花开
香，一定能漫过心堤

万物静

平安夜是寂静的
没有浪漫的风吹来
只有美酒和那一弯新月
与静谧的庭院对话

一种无声的美
借着浅浅的月色淌进我的心里
怀念远方的琴声
是否与这冬日一样安详

墙角有偷窥的眼
是蚂蚁没有睡醒在触犯伦理天条
还是我的酒香在招蜂引蝶

唯一让万物害怕的
是我这出奇地安静的心灵

日暮乡关

村里的小芳来到了我身边
如小草一样清新雅致
眼眸里的清澈恰似村前的小溪
如果我是桥上的风景
就一定透亮了她的纯朴

远山有情，在这枫叶红了的季节
惦念远去的背影
还有曾经风靡乡间的笑声

日暮乡关，今天又说谁家的故事
但愿人长久，与你共婵娟

寻找 2022

忙碌的冬天记忆
折叠成雪花
心因为有春天而宣泄着暖流
一直如此

大雪是季节的符号
直接与纯净，蕴含梅花的芳心
南方奢望的那一场雪仗
停留在梦与现实的缝隙里

于是我会沿着牵手的记忆去寻找
雪花堆里的那份春风

野火

骚动的情绪在这个冬季特别异常
是爱，是恨，还是爱恨交织
心在跳跃着，无时不在的幸福与烦恼
犹如一把没有名字的野火

不想找任何借口去否认冬天
因为冬天雪藏着你我的情感
如果你想把野火点燃
烧掉的那些记忆
又将长在来年的春风里
绿意芳菲

静候时光的惩罚
做个无为而治的君子或许会有更精彩的故事

声音和一根回形针

你的声音穿透我的心墙
我反复体验路过我心底的芳香
在一个无人的早晨豁然开朗
原来反复存在的人与事就是一种美好

你的声音印记在我的血液里
循环流动在春夏秋冬
你的声音
此时已经成为密集的爱情雨
淋湿了前行的方向

你的声音
让我的生活慢下来
只有来回没有终点
就像一根缠绵的回形针

有一条寂寞的长街

从村尾到村头
走过一条寂寞的长街
一条烙印着村史的长街

犁耙躺着不想说话
素装静候现代风的点评
风车依然不说当年扬谷的风采
只有土砖瓦墙挺着强壮的体魄
诉说那些年的那些事

其实说寂寞也不寂寞
村史肩负一种励志的使命
此处无声胜有声
岁月留影见证一个时代的喧嚣
存放于长街的喜怒哀乐
写就了一本无字村志

徜徉在这条寂寞的长街
心灵就有一种超脱力
穿越历史灵光那个瞬间
突然回声嘹亮
长街不再寂寞

水涨船高

说不清横沥的幸福感是什么时候横起来的
有一种切肤之爱渗透

机器的轰鸣派生出的工业文明
反哺乡村的脉络特别清晰
于是在横沥，你会看到
乡村的城市味道与城市的乡村韵味
已实现精妙的无缝对接

即使在荔林深处的蝶或者知青巷的老物件
也无法分辨蜕变的颜色有多美
老秋风已看不出冬的成色
一如当前看不懂横沥巨大的变化

横沥的美或者说幸福感有点水涨船高的氛围
有艺术装点的乡村
会更考验你的分辨力
一旦看懂小城大爱
你内心的惊喜就有点悬

你会被幸福长期留置

一直到你的梦醒来

注：横沥，地名，东莞市横沥镇。

人算不如天算

遇见远方的阳光心即暖起来
路旁有凋零的叶子在浅笑
我目光如炬，盯着流动的秋风
我还能说什么呢
除了敬意还是敬意

大地一脸秋思
空气也停滞不前
不想掺和太多酒色财气
大自然的语言却为此生硬起来
顺应大势吧，在风雪来之前

我们一起谋划一段大同
彼此用心去算计天庭未来的事务
至于人间的事，就会自然顺畅起来

在你最难的那个路口
我始终在你前脚落下的地方屹立
我不伟岸，但很芳香

风不是来散步的

风其实是认识山里树木的，也认识人，还认识
那条登高的路，林子里的鸟
与风对话时思维有些凌乱
像优雅的交响乐塞进了登高人耳朵和眼睛里
分明是要制造一场秋的混乱

天气预报说，熟透了的风这个时候来是来赶场的
起码可以让我一亩三分地有所收获
不要相信那些摇曳的景致，她们是很风骚的
只有进入你心底的那些律动
才能唤醒你想要的清爽与惬意

其实最想要的是摘几束野花调剂一下登高的心情
风却说她不是来散步的
难道风想将一种欢歌般的幸福给到这个人间吗

所有生灵笑了
我也笑了

相信你背影里的眼睛有我

你这是在默念山河无恙
你在给祖国一个生日蛋糕
你在期许绿水青山还有环绕的云雾
都来参加你组织的这场极目远方的盛宴
视觉的，听觉的，关于山河的经典

而我很关心的是
你眼眸里的纯洁会不会有我
藏匿在你心扉的歌会不会因我发声
我要跟你说，我一直都是你的粉
无论风雨，无论险阻
围绕你丰富内涵的背影偾张血脉与激情
或许，你已经明了这一切
只是在等待一场春风
把爱点燃

兰舟催发

细雨，滑动肩上的重压

打乱一个懵懂的梦

山路蜿蜒，心事崎岖

折断的腿在担架上诉说着无奈

与你不期而遇

惊愕成为表情的全部

一千个不愿，不愿但不得不愿

执意斩断那一丝情缘

雷声

作最后的陈述

人海茫茫

那个砍柴的姑娘

住在大山里的吊脚楼上

每日，梳妆成一股清流

静待我的笛声

有一天，笛声戛然而止

大山的云雾成为永远的情感密码

柴火已成为历史

人在旅途中偶遇曾经的炊烟

又是春花秋月的情诗

人海茫茫

唯有砍柴姑娘一直纯洁闪亮

失忆现场

记忆突然断片

那是情感走进了沼泽地

此时，你特别不情愿看到

天空会有任何色彩和生命迹象

你期待万物按照你的路数出牌

套用你积存的糊涂公式

写一段智慧人生

为此，有人说失忆是最美的落差

我信，你也会信的

岁月可曾饶过谁

脸上的大括弧小括弧是一种阅历的印记
你不必太在意，也不能不在意
岁月，会给你很多精彩
当然也会给你无奈
那天你说，初恋的感觉真好
我只能说，初恋也就是人生的一个符号
抓住你该抓住的
你的生命就会永远有青春

为什么会怀念过去

因为有琴声牵绊

生命注定会变得缠绵

美总是在思念中完成固有的动作

爱情才会被世人传唱

于是怀念琴声，不是独立的

怀念是一种静止的美

就像你喜欢的山水

和世外桃源的静

怀念过往的每一句话

都是入骨的甜啊

有你的日子

阳光总是一往情深

怀念你的琴声和一切关于你的故事

还有你若即若离的朦胧背影

爱美是没有错的

杨梅在最甜的时刻遇见酸
那是熟透了的美丽在展现娇颜
不轻易点赞可今天真的点赞了
内心的狂喜已经跃过心灵的巅峰
达到了初恋的一种高度

记住你的芳华你的流年
已不再掩饰慌乱
夕阳醉了的时候你依然不卑不亢
淡定从容地走进那片情感湿地
惊飞的那行白鹭蓦然回首笑了
那份清凉湿了整个夏天

畅想远方也会有你
也会有更多的诗草地
我就这样徜徉在你设定的情感路径上
验证一组爱美的密码，而后
清点与你在一起的所有开心指数

煮一壶秋色

寻一处静谧与月色对饮

心底涌出无数浪花

动与静之间只隔一壶酒的距离

煮酒，慢品，静享月圆之后的惬意

杯中有金菊花开

有桂花满园

有仙风道骨的飘逸

有驰骋商海的洒脱

目光总是跑在晚风的前面

搜寻一路风景

岁月静好只不过如此

嘴角挂着的微笑

荡漾在成就满满的清香里

酒香里

心中默唱了几十年的山歌滑落

在宁静的思绪中悄然化开

忽然，夜色唤醒一种本能

斟满一杯杯亲情仰天而尽

那些经历的风雨

随点点酒意飘洒而去

那片片枫叶依然塞满前行的行囊

今夜，煮一壶秋色

明天，再携手炊烟远行

被爱如同燃烧
——写在村里大学开学之际

启动大爱的砝码

天平就倾向了伟岸

村史镶嵌大学的志向

看一代骄子怒放的青春

与青山绿水一起舒展笑颜

秋韵里，乡愁与现代交融着风景

美与爱，都在燃烧

幸运的不仅是被爱的学子

还有为爱奠基的和君

更有童话般转身的梓坑

每一步每一个节点，都在创造历史

阳光极其认同这份超世纪的爱

一点一点地，播撒柔情蜜意

来年春天，山花必定烂漫

假以时日，正果遍地

未来职业翘楚再聚首

燃烧的，依然会是这山水间的爱

注：2021 年 9 月初，江西首家办在
深山里的大学——和君职业学院，
于江西省会昌县白鹅乡梓坑村开学。

我顺着你的酒窝找到了我的情思

说你是山崖的那堆雪

可你却开了满脸的鲜花

你的青春跳跃着清丽与纯真

生命如同你的酒窝，吐露芬芳

我在靠近你的那棵树下躺下

看到整片森林美得让人窒息

只有你高贵的酒窝给我一条释放的路

沿着这条路我走出了信仰的力度

高山流水叠加你的背影

我触摸到一个至上至尊的灵魂

那是山里仙气环绕的情思

不仅是我，还有诸君

皆不能轻易抹去的一个娇影

倒着走

阳光扑过来，亲吻海面
你的脚步向前
我的心早已踏上浪尖
趁天色还有那么一层倦意
回来吧，请倒着走，倒着走
让我看看你那张生动的脸

你倒走一步，我的心花就怒放无数遍
你倒走一步，我的心海就婉转到天间
你倒走一步，我的心情就快乐成神仙
你倒走一步，我的心境就柔美到娇艳

倒着走吧，我们一如从前
优雅一份相思，织布与耕田
犹如一夜春风来，枝头含笑
我定是那牛郎陪你到天边

想起爱情

爱你，是从背影开始的
那时你在山顶上，俨然与云对接
而我一直仰视你那有色彩的人生
心口乱成一团火

后来，时不时传来你的笑声
还有那种恬静而悠远的琴声
此后，山那边有了热辣的远方
我只能以你唯一的一次回眸为信物
坚守，用洪荒之力坚守

如今，爱情又要去远行
我努力追寻月圆的方向
梦想在刀耕火种的春风里
一路播撒甜蜜

次第花开

这朵朵花开的声音醉了远山
就在石头峰顶，我们看见了娇媚
此刻，峰峦静默
生怕惊动飘逸的唯美
与同样渴望飘来体香的小鸟做着鬼脸
静待一曲妙音回荡山谷

羡慕这里的石头
与国色天香零距离接触
假以时日，这石头会因此得道成仙吗

因为有美驻足
爱总是会铺开一条有风情的路
无论是谁，都不会否认此刻天际的暖
撼动所有生灵的美
一如此时花香弥漫
次第花开

怎么可能没有蝴蝶

薰衣草是不是人间最美的草
最起码也是最懂得穿越的草
当同样颜色的汉服同样发出馥郁的香气
油纸伞醉了，醉在梦与非梦之间
突然有远古的琴声传来
同时传来的还有普罗旺斯那异域情歌
在这片花海
会注定有一场浪漫满屋的爱情戏上演吗

夏日的晨雾轻轻地罩住那白晃晃的沟壑世界，笑了
这里怎么可能没有痴情的蝴蝶

沉默之谜

拉黑我是一种沉默的方式吗
不解释，所有的迷茫就变成了沉淀物

你的影子很活跃啊
那山的背影渐行渐远
你却越来越清晰
空旷的心野到哪里去了啊
转不开的总是那古朴悠扬的琴声
还有飘动的灵魂

人生的路原本就是一个谜
多了一个拉黑之谜
无声的世界里传递不一样的风景
相思的风，是否能解开剪不断理还乱的谜

欧洲杯

风云再起，倒时差让心灵突兀成山丘
沿途有挚爱风景，迷住双眼
采一束野花，置于一个迷茫的早晨

我不是专业魔术师
但我总希望能有创新性的冷门
德国战车装不下高卢雄鸡不足为奇
我需要一场浩劫来制止骚动的野心

说是硝烟弥漫，我却看到了儒雅的曼奇尼
惊喜属于这个夏季，属于你

半城雨

荷的香语不断传来
蛙鸣贴紧城市的风游历到花海
我在湿地的南端眺望
村里小芳的妖娆此刻是否填满那间浪漫小屋

用心去捕捉那些瞬间的精彩，发现爱
在荷尖上舞出灵动的诗

这个夏天积蓄的半城雨
伴着思念的阳光一起来了
直到在荷塘月色里
我们还在说着太阳和雨的故事

丽江，那一夜

关于丽江，是梦的开始
又在梦的记忆中结束
那年，我们一起躲在古城的街角
那条石街留下的唇印
让夜色红了，心的热度到了顶点

我们牵手，是不是很偶然
十指相扣的瞬间，心跳到云外
晚风有些甜，爱迅速占据小巷
拐角处，客栈有纳西情歌响起
你我开始沐浴着这一份柔和与缠绵
心轻轻地搅拌到另一个世界

丽江星辰的路，总是那么容易浪漫
你我仅有的那个夜晚
总是在记忆中模糊，又在记忆中清晰
我不愿回忆，那是宿命中一闪而过的诗
你我激越的那一刻早已变成美酒
让我每天醉了又醒，醒了又醉

后来，我无数次来到这条石街

搜索当初的韵味

每次每次，都被这里的香风迷倒

等我清醒过来，又错过了一夜春风

与大地吹雪

洞开的一扇大门对着那片雪山
就是兄弟的傲骨堆成的那条神脉
比喜马拉雅伟岸的还有路过的风
把酷酷的冷撕扯成一路风景

每当站立在雪地的当口
神经质跳跃的思维就情不自禁地打结
一种高不可攀的敬仰矗立于心的大厦
所有梦想都不会是遥不可及的面包
有真情的世界燃烧的永远是热度

我们一起去追逐远方吧
或者去追逐繁星的亮点
沿着那条捆绑激情的诗意小径
丈量酒乡里的醉意
一寸一光景
一醉一春秋

那片海

涉足那片海都是因为有一个娇影
放纵不羁的夜朦胧着芳心爱意
在秀发拂过的海风里看见你的多情
逸动的春夏或许就是你的全部风景

清晨踏着海浪，我捡拾昨日的余晖
那份清秀依然飘至我的心岸
背影渐行渐远，思念镶嵌到枕边
每一个夜晚的潮起潮落
打动了谁？或许就是永远的问号

胸怀大海，对你的情今生辽阔永恒

深痛

背影柔软随琴声远去
脚步写下一首煽情诀别诗
轻磕地面的阳光，心跳跃出伤感符
爱依然生长在天际

男人，总是把泪水分成两半
一半给昨天的过往
一半给明天的喜悦

我努力地找我的痛点
在情感的最深处挖掘一份纯真
即使痛，也会发出快乐的心灵邀约

藏在城市的深处

茶，恬静如一抹晨阳

淡妆出场，静静地梳理城市脉络

壶轻声细语，念叨流年岁月

壶嘴里的柔情，曝光你我心底的毛毛雨

一阵一阵地，直抒胸臆

很想借城市古楼一柄香锄

耕耘一份幸福与安好

每天念一念延续生命的茶经

祈祷爱与美好沉入壶底

从此，忘记山里山外的日月星辰

随手拨弄琴弦探寻茶里乾坤

恬念那一个娇影，芳华无声

坐过站的人生思考

后悔药有的话此时肯定立马吃上了
错过一个路口，就耗在了不该耗的地方
路堵死了，心也烦躁地死在了路上

人生，很多时候也像这堵车
本可以避免的却未能避免
可你还是要活着，那只有熬
耐着性子接受走错一步的惩罚
待到媳妇熬成了婆
或许你还把她当成了财富

路通的时候就多想堵车的时候吧
岁月会给你最好的光阴
装点你人生路上最美的风景

忘尘

肩头扛着孝与礼的纯念
脚步之间流出美的韵味
春天里，风送来问候
路两边高出人头的茅草
为一道时髦风景狂赞

山路有些不平，你的心很平静
承受的重压不弯你的腰
山里所有生灵的歌声都心生敬畏

我亦然如此，胆边生爱时体恤你的忘尘如羡
很想在你跋涉的时候牵手，赠予力与远方

忐忑

青藏高原的风铃声半夜响起
一路芳华南下，直到入驻我的灵魂
在小桥流水的老屋
春依然如故，夏已无法掩饰热情甚至狂躁
直让思念成为心痛的海

曾经憧憬有一处雪域迷城
我们一起堆放孩提的萌笑
当这种憧憬真的降临时
我又走进了诚惶诚恐的世界
你美到极致的心发出一点爱的信号
足以颠覆所有的爱情理念
爱，原来真的会如此唯美

于是，我在家乡成熟的杨梅里看到了高悬的情
我努力地向村口张望，期待芳华
一如期待一曲美妙的春夏交响乐
驱散所有的不安与忐忑

此时此刻
你是否也在相对的时空里
默默关注与季节一起疯长的爱意

我是自己的旁观者

立夏时我在山的那头，念着心佛
诅咒越来越消瘦的花瓣与越来越肥胖的小溪
有多少流失的爱潜伏到草的根部
蓝天逐渐失去光泽，与小鸟同流合污
而你最贪婪，竟想夺去所有的光华

一道闪电，一声雷鸣
惊醒了露营的春光
还有春天里所有的感叹号
远方的琴声依然发出她特有的深情
而我仅仅只是一名过客
无力点燃属于你我的风花雪月

期待有一场暴风雨打破这种难熬的静默
期待有一双手会搭在我的肩膀上撒娇
期待生命里有一颗种子永远是春天的使者
期待有一种爱的新生态能激发所有的梦想

山里山外飘浮的都是你美丽的影子

给白日里的梦想穿上自信的外衣就能有不一样的春天吗

我在最有幻觉的时候还是做一名最努力的旁观者吧

或许我会捧着你的笑脸走进属于你我的天地

在情感的花季享受醉美风景

三江春暖

1

侗族月也有个心事
我猜到了
在醉美的山路边摆上喜宴
将心情弯成明月
让笑声成为传世的经典

2

酒是一种流动的文化
高山流水到了侗寨就成了一本线装书
歌声与吆喝声还有嬉笑打闹的风景
就是侗族人本有的底蕴
几千年太久
一百年变着花样喝出有新意的幸福

下一个一百年
酒香依然，笑声更美

3

人间最浪漫的事不只是董永才能遇到
你我也可以
在侗寨行歌坐月的日子没有走远
牵手那一刻，心被揉碎了

多年以后
侗寨妹子手上的余香依然
隔着山水，春心荡漾

对焦

选择高远的猎物出击
于无声处亮剑，那道寒光逼出一身正气

年复一年的梦贴紧心脏
把梦喊出来，心就越来越大
锁定目标对准人生焦点
按动幸福快门，在醉美处将心定格

阳光折射的炫音里有你的笑声

我搬进鸟的眼睛

春天里邻家小芳飞落我的阳台
她是循着艾草的香味来的
言语委婉而含蓄，贴在窗口
也通达了久远的心口

晨光来了，风有些腼腆
最不愿说话的露珠闪亮着眼睛
这一切都是因为季节的骚动
才给流连忘返的蜻蜓送来一段荣耀

很快，青蛙与夏蝉就要打架了
赶紧乘坐有谷雨灵气的地铁
奔袭你那块禁地
或者将自己搬进鸟的眼睛
读懂围城内外的玄机
而后笑看人间沉浮
将心绑定那片星空那片海
在有你的巷口，唱一曲芬芳的情歌

多走一步

海边的鸟要与早起的渔翁比早
你通宵守候看见了这种风景
天亮了，鸟越来越密集地呼唤
你似乎读不懂它们的语言
嘴角微微上扬，心在远方

我与拾贝壳的宠物狗相对而视
正巧遇见你迷离的目光
不用等海浪扑来心已被蹂躏，太阳升起
那一刻我走向小鸟与渔翁的缝隙处
逃避所有关于海与你的故事

在春天或者梦里

不知不觉也是身不由己
阳光在我的季节里种下春天的种子

映山红红得笑动了大山脉络
在竹林柔和的呼唤中
溪水欢腾，狗尾巴草摇曳着乡音
这就是属于你我的春天吗

我抓一把儿时记忆的风
贴在屋檐下微笑
远去的炊烟还有奶奶的背影
顺着清明的思念变得更为清晰

我喜欢在这个季节舞动青春
与南山以南不停说笑的鸟儿对舞
也喜欢在草尖的露珠上留下幸福的梦想
或者在牛背上吹奏横笛
为风雨兼程的自己积蓄能量

只是，你身在远方
一切美好风景不知能否传达到你的心上

第四辑

野火

截一段虚度

流年写不出你眉毛的紧张
掌心握紧一段往事
不用点破，那远山就在发狠

疯狂来自心乱魔兽
点起灯笼搜寻不到爱情的方寸
锈色斑驳了心迹，谁喜欢
将爱之围城打圆受尽精神折磨
宁愿来点虚度，来点懒散的春光
在长满记忆的草坡上
与夕阳一起变老，变老

枯荷听雨声

经过一场冬事
你知道孕育一片新芽有多难
在蛙鸣如潮的季节你积蓄着能量
在雨声来时，全力爆发

雨声是你奋进的鼓点吗？还有春雷
是否炸伤你的自留地？你毫无遮隐地表白
你爱每一个雨点和每一声雷鸣
把爱扛在肩上无须花言巧语
阳光来时你内心的芬芳够美，你静静地
收获真情与爱，还有嬉戏的白鹭和悠扬的琴声

三月草坡

被桃花和映山红包围的暖色里
一片青绿打乱爱的秩序
阳光下葛优躺一样的春风
捎来关于三月的故事

三月很美，是一位时令的少女
她的活力闯入你的视野后
在这茵茵世界，在这青青子衿
你的心花定会如期怒放

所有人都梦想做三月的乘龙快婿
而后，踏上这片草坡与春天对话

围城记

轻轻地，你走进来
沿着我心灵的墙壁走进来
从此，那明亮、快意还有诗情和画意注入我的体内
世界也从此有了炫动的美

我紧扣你的十指，听着你内心流出的琴声
那绵绵的、细细的与流水对话的琴声
陪伴着你与我如影随形的日日夜夜

可有一天，暴风雨还是来了
来得那么突然，以致我们拥有的阳光彻底暗淡
那一束雨打的鲜花强忍着痛，笑着向你走去
相信上帝，会在最美的流年里再唱起那首属于我们的情歌

草吹着口哨

左右都有花相伴
醉是自然的
干脆把心捆起来
与季节一起荡秋千
然后用田野的嫩绿作序，写一部秘制桃花史

忽听几声惊雷，炸醒一园古梅
唤醒的蛙声在为牛呐喊
春就是春吗？不是
春
还是写进心海的滔天情浪

芳影

很不明白你为何独自面对刺眼的阳光
难道我就是你眼中的黑暗吗
你逃离的法则应该修改
假如你换一个角度大胆地面对我
你身边一定不会如此空白，一定是春风十里

很显然，你想让自己处于一种清净
你也很想逃离世俗对你的追剿
但越是这样，我们看到的结局越是苍凉
何不放开胸怀，去迎接时尚的风
或者最起码你可以在最青春的季节里张扬你的个性
让你的美击败所有的闲言碎语
让你的芳影在浩瀚寰宇驰骋出更为诗意的香蜜

我在爱琴海的那头
等你

野火

归隐原本不是英雄所为
而你在驰骋八百里疆场后选择了它
在接近原始的记忆里活着
与当年横扫千军的影子一起活着

爱，就是平淡如水的日子
从不期待有梦想与梦想里的战火
将心紧贴溪流的脉搏
用最励志的春风装扮自己
舔一舔过往的伤口与流逝的青春
坦然自若地走进没有人翻动的书里

雨落庭前

这分明就是一场艳遇
雨线很纤细，很柔和
滴落窗前时写下一行情诗
淅淅沥沥，缠缠绵绵

在这场艳遇里你我都是主角
听着心灵相遇的倾诉
与黛绿的远山对话，为恬淡的原野抒情
用我们的诗救活了谷雨之雨

很久以后，我们还在这场艳遇中活着
日子里总有雨落庭前的故事与风景

雨在四季都有

妩媚的江南是从春天开始的
从淅淅沥沥地倾诉开始的

心事滴落到那片绿芽
春天的伙伴就张罗着季节的婚宴
桃花坞的情歌飘出沁人心扉的甜
蜜蜂总是扮演偷情者的角色
在贴近花香的雨丝里秀着恩爱

就这样，妩媚与甜蜜流传于春夏秋冬
幸福的雨洒到每一个有爱的空间
不远处，阳光静候着
所有生灵满心窃喜

爱到底是什么

你捡回的那棵草俨然要长成大树了
我似乎看到了她的伟岸
静静地矗立在属于爱情的一个角落

草是很有灵性的
她很懂得感恩
向上的绿带着期许的梦
连着初心，一起迎阳而上

草也有刚柔并济的性格
对风，没有一点惧怕的心理
在这个初春，你我忽然都爱上她了
四目相对，同时发问
到底爱上她什么？爱到底是什么

有翅膀的风在回答
有理性的你我
用情去熬煮话题
用岁月的脉络疏通所有不解

被晨光删除的梦

娇小的影子住进那片春天的时候
是谁点开了满园的桃花
不敢偷窥你瞳孔里的阳光
心在田园放牧，手被雨露扣着
摇曳在山头的风，甜飘然起来
我，就这样醉在这片时光里

你装扮春天的手艺点亮生活，点亮诗与远方
每一份个性的红妆都写满了你的爱和善良
于是，我偷偷地保存这一份春色
在情海深处，痛击晨光

生活是另外的东西

桃花开了，打开了春天的一部分
那一种红，足以荡漾心湖的那一片恋情
梧桐花的白，刺激心底的纯情
芳香一路，就在山路弯弯的那一端

如果你们都不凋零
那这个世界就是一种虚浮的永恒
还好，你们经历短暂的奢华便沉寂下来
贴近尘土的那一刻，注足了荣耀

面对你们，我突然觉得心底明亮
人啊，也该在最美的时候绽放就足够了
因为我看到，飘落的瞬间也是一种壮美
已经拥有，就不会有过客的哀叹

哪有什么等待

放弃与坚持，只是一念之间的抉择
在他乡，我们朝夕相伴
数落阳光的美，称羡星海的亮
日夜忙碌，只为一份荣誉

很多时候，我被浮动的数字压抑着情绪
你总是用最强大的心理默默支持
网络空间最真的情谊
就是那些上升线条里的梦呓

你投票了吗？那就投上一票乡愁里的爱吧
给远方以最炫的彩虹
照亮自己，照亮你身边的人

磨蚀

人的灵性是生长在荆棘的枝蔓上的
有过一次痛就会有一点阳光
生命的经典就在于
积淀阳光的分量

那双最柔绵的手撕裂了冬天的阴霾
笑，很快传播到春风里
流年已没有棱角
一切新生的力量都有阳光的标记

我沉湎于这种风光不能自拔
感恩上苍的馈赠
我更觉得我应该平稳地接受新潮流
将心情打磨成调皮而又老成的飓风
去席卷那些已成故事的风景
将最时尚最美丽最温馨的画卷收入囊中

镜中人

脸上每一道括弧都在讲述一段故事
目光对视的瞬间
故事凝聚成阵阵隐痛
在白发间穿梭

此时，我更愿意是一个倾听者
从懵懂少年到情窦初开
或是筚路蓝缕的一切过往
忽有荣辱不惊的气场回旋
备感流年的韵律如此美好

不过，我总是徘徊在心灵迷失的路口
心心念念远方的琴声
心里给她太多的期许
以致自己的生命有些黯然

我们不需要这种冷色调
为此我也看见括弧里向上的激情
或许就在前方
春天的明媚
或将把我们带入更具活力的街区

"三八线"

不能触碰的区域如何划定
决定根基的聪秀与迂腐
就在今天
神感应来了

当年你为我划定一条红线叫初恋
我珍视规则并收藏到心底

有一年我们重逢在村口
老黄牛与小河又一次见证心跳
此时你的已经不是你的
我的也不完全属于自己

多年以后
属于你我的牵手键还在
触摸到的青春气息还在
按键或者不按键
完美的音乐都在线内

每一度春风吹来
桃花依旧
我们都没做踩线的蝴蝶

桃花劫

心里的约定撕裂了三月

我捡起跌落的碎片

再用牙咬碎

日子是如此的充血

希望你会在如期的粉红里出现

可出现的是鞭策的乌云与善意的谎言

蝴蝶的翅膀愤怒起来

就因为没有等到需要的体香

春风十里，哀怨十里

如果雷雨能解释你此时隐藏的心事

我一定在奈何桥上再等你百年

一诺倾情

那一树繁花见证滴血的誓言

日子总是温柔又闪光

汽车行进在一条心路上
说是要去海边看海，整车的微笑
成为此刻阳光进到车内的唯一理由

我不知道你去浪的前夜想我没有
但高速移动的快乐总让我放心
相信海风吧，她会给你我想给你的一切
我能预见的沙滩
会承受你们的大美
或者对着海浪疯狂的倩影

车内的音乐唤醒了我很多想象
有一点你们记住
如果我也有浪的资本
我一定比你萌得更加阳光
我的微笑对你们一定是一种杀戮
我一定是你们向往的
把日子过成一树桃花的男神

被笔勾掉的山水

畅想有一路繁花相陪
还有密林与小溪
特别是你笑起一朵云的状态
让世界无法休眠

我心里画着山峦
听到你在远方起伏的心跳
农家小院静谧的月色抛来媚眼
抖动心口的画笔
所有的山水连同心跳静止

灵魂，被泼上山水一样的心仪之墨

光阴论

茶山与汉服勾勒的意象图
有时间与季节的概念
深藏这个节点的功与名
就是打开另一个世界之门的钥匙

此后与诗书交往
与远方的关切相伴
时间越久
思念的经络越清晰

我想尽快触摸到你心里的阳光
一万年太久
只争属于你我的那一片朝夕

在每个尽头

走近年关，走近一种不舍
牵着流年的手一起挥别
过往的快乐与焦虑
或邀一缕阳光
打探下一季风情
用心感悟冬天里曾经的那把火

很想有梦的日子有你
有你的时光永远没有尽头
我们十指扣下一个不变誓言
打捞沉寂的幸福
笑声，酝酿更温情的春天

在每一个不是尽头的尽头
我总把鲜花放置在心灵的高处
任凭人过留香，爱意永远

有流星的夜

心灵在黑夜中赶路

深深浅浅，跌跌撞撞

在有一脉橙香的拐角

遇上娇冷如冰又热情似火的芳影……

这是有些虚幻与歪斜的梦

醒来后我将她无限放大

发现那个夜是有流星的夜

流星划过的一刹那

发现有惊魂的美丽

即使是梦，也走进了我记忆的收藏夹

多一寸虚无

这条路如果是天路
那你会是哪颗星辰呢
摸不准你的方向
任凭思绪去解无理的结

冬季是有想象力的
尤其敢于收藏少女复杂的心事
我很想做这个季节的主人
用一把带有诗意的火
温暖所有赶路的人
还有天街里逸动的回眸

今日，我已触碰到至纯的香
你在颠覆我所有的思维路径
这绝非故事里的故事

枫叶做证
这个冬天多了一寸烟云
也多了一寸智能化的虚无

思如雪

心里总想延长与你的距离
每次都失败地返回
胸口掠过几许隐痛
筝残线断，乡音依然

多想无限制地延续某一段路
细心梳理积淀头顶的思念
或者摁住流逝的光阴
为心中的孤独留足最美的青春

如果思念是一片雪地，那你
必定是跌落雪地的那枚晨曦

半眸阳光

关好门窗，把自己的心窗也关紧
一直严守一波清澈
停留于花季年轮

某年某月某日
执着的半眸阳光裸身而入
现场一片慌乱
幸福来不及阻挡
激情已汪洋

那就在心窗的边缘镶嵌一个小花园吧
自然成长的心灵会点亮生命的天空

分身术

属于平安的意识流里
有虚幻与现实的图景特别神奇
默念平安，给她一个专注的眼神
世界就活起来，动感着你的青春

天地赋予生命五彩斑斓的原色
有一些色调还刺痛人眼
万物需要骨子里的宁静与和谐
你我他也一样，毫不夸张
梦想不远的远方是恬静的家园

突然有一天我发现
自己已成为调和这些色调的主角
心，已经做了谁的俘虏

就这样在平安意识流里游觅
把柴米油盐酱醋茶调成特别的韵律
在市域的每个角落留下分出的身影
让更多的爱与幸福流淌在这个城市

在第六感上飘浮

总在蒙眬的睡意中惊醒

不为别的，就为一些情感的指令

敏感的神经经不起折腾

就在 N 年前的暮秋

给了自己一个歇息的理由

找到一处枫林小舍

将流浪的心安放

似乎就这样与世隔绝

谁知就在今年冬至过后的日子

却萌发千奇百怪的念想

是传说中的第六感乱了阵脚吗

天空有仙女的芳音

翠翠的，越来越近

突然飘落在行人密集的街市

感觉聆听音色的天空在变

行走的脚步也变得有些迟钝

乱了方寸的还有冬日的风

送来了超常的热度

很多人因为这场反季节的热风心浮气躁

我也一样，在承受心的煎熬

相思成茧

记得那晚的风是蓝色的
月光与心境也是蓝色的
酒杯与菜肴的碰撞声也是蓝色的
你一如夜色中的蓝精灵
畅享蓝色梦幻香草园

那晚，当所有蓝色都进入梦境时
我看见你的胸口溢出了一点红
一直延伸到你漂亮的脸颊，于是
我轻柔地把你我的心绑在两棵竹子之间
相思成茧时，定会有雨后春笋的风光

我手写我心

皇城遗址的老树

不知经历了多少风霜雨雪

但我看见了你特别的笑脸

我觉得，你的心昨天突然嫩了起来

我不知道你究竟遇上了什么

我只知道昨天阳光正好微风不躁

一位天使的微笑贴近你的腰

就这样你陶醉了

记录你童颜一刻的是镜头，而我

却用手写下我心里的那点小幸福

新生

梦里的小鸟雅致地醒着
眉宇间锁住青春的光亮
担起悬在心口的爱
等候风的到来

我凝望流年的那扇窗
欣赏老树对新芽的韧性表白
读懂皇城根下那一声问候
斑驳的思绪一夜间反转
远处
已有王者的芳韵传来

我想我是不是该收拾一下心情
就做那暖男的暖或者是和风的风
去迎接比梦更美的新生

问鼎

时至今日，长城上
每一块砖都有她专属的名字，你认知的
或不认知的，了解的或不了解的
她都静卧在那儿，贴着山的脊骨
生长成世纪经典

没有冬雪的冬月
八达岭上，全是熟透的风景
阳光与烽火台眼神交会那一刻
乌鸦来了一句谦逊的问候
很难说这就是吉祥的征兆

无论你我，登上长城只是达成一种夙愿
但并不就是一条好汉
在最接近天宇的那个烽火台
风也有历史的温度
借着城墙反射过来的光亮
我看到我的影子很健硕
最起码他能分辨顶与鼎的距离

闲来无事

闲下来时
我一定是在你驻足的远方
在距离苍穹很近的帐篷外
吸吮百花秘制的香醇
做一个裸身的施主

或者，就借山南的竹香
为自己润润歌喉
与溪流和小鸟一起浅唱
与你一起数落星辰
点缀此刻没有任何尘埃的心海

如果真有三生三世，那我都想
都想与你在这天然的际遇里浸浴
我会亲自为你煮一份思念
添几丝乡愁
让漂泊的心灵回归自然

锁，一经打开

桂花香的脉络散落到院里院外
盘根错节的炊烟绕道村前
致礼远方归来的灵魂
老家的味道
原来是如此清晰

四十年的心锁里封闭着许多梦
梦中有庭院前的小溪
石拱桥、棕树、看家狗，还有
兰花香雨的春风写就的乡村爱情

一个微信群把心锁解开
很多梦想被自然激活
把山与你我的距离拉近
此刻，青春、梦想与故土无缝对接
前路漫长，爱亦漫长

今天，被明天取代

脚步匆匆走在你走过的石阶路上
心悬到嗓子眼
只好数落着山野的秋风
痛被无情翻阅

等到明白一点事理
你又随山风飘忽远去
我全力追思到你的琴风口
红灯禁住了所有思维
城那边的忧伤
是你昨天的无奈

今天，心路又车水马龙
是放不下山里那几亩地的爱吗
不管如何，明日总要来临
我会在醉明白处醒来
用无恙的深情
写一部关于秋恋的诗书

给秋天贴上封条

看见最后一片枫叶不情愿地滑落
听她挣扎的呢喃有些恐怖
最不明事理的是风
总是在她疼痛的伤口上撒盐

其实，哭泣的枫叶心里是明亮的
一如永远明亮的天色
她心里的不舍也就成为永恒的风景

枫叶的伟大在于她点缀了整个秋韵
面对陌生的冬月和冬月刺骨的冷
依然坚定地释放她的热度
甚至，敢于在季节的最后时光
为秋天贴上封条
封住一切丰韵的往事

我在香山之巅静看秋意

香山红叶有约
晨光送来醉美图景
最后的秋枫怀揣梦想
圈起一方情意
在南来北往的镜头里
尽显熟透的岁月静好

红叶的红是这里的主色调
而后是清新的绿
偶尔也有黄紫粉蓝
鸟鸣山幽静，这是给冬天的信息，还是为
并不遥远的春天吹响幸福集结号

无论如何，你都是美丽的
香山与乡音触碰
溢出多彩的音弦
心与群山一起回应
红枫在下一个路口回眸
爱，随即烙印香山

"仙味"咖啡

咖啡是一种什么味道
你只有细品才会懂得其中的风景
在东莞横沥半仙山
有一款咖啡与众不同
抿一口，"仙味"在舌尖上打转

小城横沥常有大爱故事
"仙味"咖啡也有她丰满的传说
"协同创新""咖啡学院"
"捷荣""益企啡吧""志愿者"
串联了爱心孵化真情的天地
在这一片天地里
每一杯咖啡都有她特别的暖色

"仙味"，半仙山的仙
在心浮气躁时
来一杯"仙味"咖啡
不仅为你自己提气，整座城市
也将因你而"仙味"弥漫

绿皮书

日子久了

惦念是没有时效性的
无论风雨

那影子倒挂在云上，就是一尊佛
偶尔来一阵雷电，炸出一方绚烂
空中有彩虹时
地面也呈现长长的花带

你是哪里的芳华
来了就粘上了我的灵魂
日子久了
爱就这样被调戏成为永恒

为什么要过冬

冬天的概念是寒冷塑造的形
它把秋的季节打乱
树叶埋葬了谁的幸福
雪沉默无语

冬似乎在总结大自然的灵性
大手笔展示无情和冷酷
甚至雪藏人间的暖
难道就为了冰川的一笑

把所有的故事埋葬而迎来新生
这就是冬的使命
冬的人性光辉包裹着奉献与大爱
冬历经苦难所孕育的生机
无与伦比